KB126361

7일을 지우고
하루 더 그리는 그대

7일을 지우고
하루 더 그리는 그대

ⓒ 이안정, 2021

초판 1쇄 발행 2021년 10월 29일

지은이   이안정
펴낸이   이기봉
편집   좋은땅 편집팀
펴낸곳   도서출판 좋은땅
주소   서울특별시 마포구 양화로12길 26 지월드빌딩 (서교동 395-7)
전화   02)374-8616~7
팩스   02)374-8614
이메일   gworldbook@naver.com
홈페이지   www.g-world.co.kr

ISBN   979-11-388-0320-5 (03810)

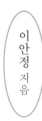
이안정 지음

7일을 지우고
하루 더 그리는 그대

좋은땅

불가사리

바다에도 별이 떴구나

내 마음속 너처럼

어느 날, 아침에 눈을 떠 보니 이제 더 이상 당신이 원했던 것들을 할 시간이 없다는 것을 깨닫는 순간이 올 것입니다.
그러니 "지금 시작하세요."

- 파울로 코엘료

_____님께 이 책을 드립니다.

1부

별의 위로

2부

달의 위로

3부

바람의 위로

4부

꽃의 위로

"소중한 순간이 오면 따지지 말고 누릴 것.

우리에게 내일이 있으리란 보장은 없으니까."

– 영화 〈창문 넘어 도망친 100세 노인〉 中 –

1부

별의 위로

지나간 것들은 사라진다

이유 없이 헤매던 나날들도 지나간다
소리 없이 눈물짓던 상처도 지나간다
의미 없이 붙들고 있던 아픔도 지나간다
지나간 것들은 언젠가는 사라진다
그러니 그대
오늘 하루도 마음껏 행복해라
내일 하루도 마음껏 아파해라
지나간 것들은 그대를 살아가게 한다

차(茶) 한 잔을 마실 좋은 날은 오늘

겨울 되면 노란 빛깔만큼
달콤상큼 알알이
톡. 톡. 쏘는 싱그러움

그 알맹이만큼 맛깔스러운
또 다른 빛깔의 겨울향

귤껍질 말려 달여 낼 때 필요한
적당한 온도

너무 뜨겁지도 차갑지도 않은 따뜻함

중도를 걸어야만 최고의 맛을 내는
절제의 아름다움

급하게 서둘러 마시면 알 수 없는 향의 미

차 한 잔을 마실 때 좋은 날은 오늘

차 한 잔을 함께 마시고 싶은 사람은 당신

그 계절을 걸으며

그리움으로 피어나는 봄꽃처럼

기다림으로 내리는 여름비처럼

석양빛 물결치는 가을낙엽처럼

시가 되어 내리는 겨울눈처럼

그렇게

나의 청춘의 그 계절을 걸었다

버스는 노선대로 타셔야 합니다!

흔들흔들
만원버스를 타고 가는 출근길

가끔은
중간에 멈춰 내리고 싶을 때가 있다

종착점이 없는 곳으로
훌쩍 떠나고 싶은 그런 날이 있다

그럴 때면 꾹 참고 있던 설운 눈물이
두 뺨으로 흘러내린다

오늘 하루도
넘어지지 않기 위해 버스 안의
손잡이를 꽉 쥐고 서 있는 그대

이 버스가 달리는 동안은 시작도 끝도 아닌 순간

누구나 내릴 수 없는 현재
지금 이 순간을 뜨겁게 뛰는 그대라는 열정

아무것도 아닌 내가 되지 않기 위한 선택
버스는 노선대로 타셔야 합니다!

석양

해질녘 바다로 뛰어든 너를 끝내 잡지 못했다

우리의 뒷모습이 예뻤을 때

그날의 뒷모습에 내린
깊어진 흑백 그림자
그리움이 되어

눈물로도 채울 수 없던
시들어 버린 차디찬 꽃잎
시가 되어

찬란했던 푸른 시절의 소란함
노래가 되어

고요하게 수놓은 결별의 밤
마주했던 서로의 그 뒷모습

그대가 가을이라면

나는 그대의 쓸쓸함이 되고 싶다

나는 그대의 기다림이 되고 싶다

나는 그대의 가을비가 되고 싶다

나는 그대의 그리움이 되고 싶다

그리하여

그대의 가을이 되고 싶다

공작새의 슬픈 눈에는

살며시 다가가 너를 바라본다

꽂아진 그 비련의 슬픈 왕관

금방이라도 흘러내릴 것 같은 짙은 땅거미

그렇게 너는 꾹 잠가 버린 침묵으로

날개를 펼친다

순간,
너를 바라보던 수많은 군중들

너의 그 찬란한 화려함에
찬사의 환호를 보낸다

순간,

하나씩 하나씩 드리워졌던 칠흑 같던
그림자들에 불이 켜지고

무언가 찌르는 듯한 눈빛들
금방이라도 터져 내릴 거 같은 쓸쓸한
깊게 패인 눈물 자국

너의 깃털을 수놓은 많은 눈동자들은
우리를 비추는 거울이었구나

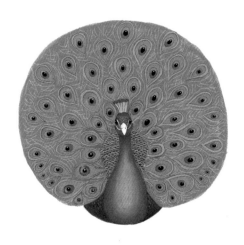

소나기

갑자기

내게 온 너

피하고 싶지 않았다

취중시에 기대어

타는 듯한 갈증의 목마름으로

술 한 잔에 고단함을 덜어 내고
술 두 잔에 그리움을 그려 내고
술 석 잔에 소란함을 잊어 낸다

각자의 자리에 놓인 그 잔의 몫
여전히
취하지 않을 만큼 취해 보고 싶다

세상의 틈 사이로 찌르는 가시
취중시에 기대어 보는 삶의 흔적

가을밤을 안주 삼아 그려 보는 손끝의 위로

그대, 실컷 게워 내라!

아직 마시지 않은 그 잔에 담긴
그대의 길은 오지 않았다

그대의 바다

지친 물결 위로 내쉬는 한숨

깊은 숨소리보다 큰
울음소리의 무게감에
무너져 내릴지라도

거친 오늘에 휩쓸려
헤매고 쓰러지는 하루라도

그냥 그대로 버틸 수 있는
용기를 가지기를

길을 잃은 그대를 상처 주지 않고
다시 사랑할 수 있는 사람이
그대 자신이 되기를

삶이라는 길 위에서는

우리들 가파른 세상살이
그 안에 녹아든 설탕과 소금이 없다면

수북하게 쌓인 그 고운 하얀 빛깔
때론 눈물 흘릴 만큼 달달한 행복
가끔은 숨 막힐 듯 목을 태우는 짭짤한 불행

너무 달지도 짜지도 않게
딱! 그 정도만
보통의 행복과 불행 사이

아무렇지 않게 흐르는 눈물이 달지 않은 건
가슴 속에 맺힌 아픈 상처 전부 쏟아 내고 가라는 짠맛

삶이라는 길 위에서는 단맛조차도 눈물이 되었다

시간

나란히 걷던 발자국

뒤돌아보니 흘러 버린 시간

남아 있는 건

두 발자국만

그리고 그날의 그대 목소리

눈물처럼 강물처럼

시작점이 달라도
중간에 길을 잃어도
결국 도착하는 곳은
한 곳만을 향해 달려가는 내 마음

눈물처럼
강물처럼
너에게 흘러갔다

별을 세는 노래가 되어

어디선가 별을 세는 노래가 들려오면
어둠이 삼켜 버린 그 햇살에
심장이 머리보다 앞서 뛰기 시작한다

잡을수록 더더욱 멀어져 가는
아련한 짙은 안개 속의 허상

바람도 불지 않은 그 고요한 적막 속에서

한 번 더 귀를 기울이는 그대의 목소리

우리는 왜 쥐어 볼 수 없는 걸 알면서도
별을 그리는지

그건, 영원 속의 빛나는 그곳에
두고두고 꺼내 볼 수 있는
추억을 새겨 두었기 때문이겠지

7일을 지우고 하루 더 그리는 그대

월요일에는 괜찮을 거야
화요일에는 좋아질 거야
수요일에는 잊어질 거야
목요일에는 지나갈 거야
금요일에는 안아플 거야
토요일에는 행복할 거야
일요일에는 웃게될 거야

또다시, 일주일 그리고 너

애써 지운 추억이 매일이 되어 나에게 온다

7일을 지우고 하루 더 그리는 그대

안녕과 안녕으로

그대의 그 안녕은 작별 인사였고

나의 그 안녕은 짧은 고백이었다

같은 안녕 다른 의미

때론, 이렇게 서툰 해석으로 내일에게서

빌려 온 기회를 후회로 다시 보내 버린 어제

가끔은, 퇴근하고 싶습니다

하루의 끝자락을 알리는 지친 초침 소리
밀린 업무 하다 보니 어느새
훌쩍 지나 버린 퇴근시간

아침부터 저녁까지 뛰어도
여전히 끝나지 않은 일들
그 사이로 새어 나오는 한숨

앞을 보며 달려온 순간순간
뒤돌아볼 여유의 여유도 없이
살아온 날과 살아갈 날들

단톡방의 '카톡' '카톡' '카톡'
예, 옙, 넹 때론 이모티콘, 가끔은 나가기

어느샌가 일주일, 한 달, 일 년
한 살 더 먹은 만큼의 떡국 한 그릇

늘어 가는 숫자만큼 스러지고야 마는 나이

가끔은
어른이라는 직장에서 퇴근하고 싶습니다

찰리브라운과 스누피

그때 그 시절의 이야기
사랑스러운 보통의 특별한
"나는 나대로 너는 너대로!"
어린아이의 그 천진난만한 대사 속에는
우리들에게 큰 감동의 울림이 있다

그에게는 둘도 없는 가장 친한 벗!
항상 곁에 있는 강아지 스누피가 있다

말로 하지 않아도
대화가 되는 둘의 모습 속에는
수많은 말들로 허우적대는
우리에게 가끔의 침묵과
때때로의 불완전한 완벽함도 괜찮다는
위안을 준다

야구를 해서 이긴 적 없고
연을 날리면 꼭 나무에 걸리고 마는
그럼에도 불구하고
다시 야구를 하고 연을 날리는
좌절과 실수투성이의 모습이지만
끊임없는 그 꼬마아이의 시도하는 모습이
그 어떤 성공보다 더욱더 소중하다

누구보다 잘해야 한다는
1등만이 인정받을 수 있는
달리지 않으면 뛰어야 하는
버겁기만 한 지금의 현실 속에서
가끔은 실패해도 괜찮다고 인정해 주는
자신의 위치에서 최선을 다하는 그 마음이
중요하다는 깨달음을 준다

어린 시절에 본 이 만화 속 대사들이
아직도 내 귓가에 맴도는 건
아무리 시대가 바뀌어도 변하지 않은
우리들의 삶을 대하는 태도를

찰리브라운과 스누피가 말해 주고 있기 때문이다

어딘가에 있을 그들을 생각하며
그들이 내게 남긴 명대사처럼
오늘 하루도 걸어가 본다

"내일은 좋은 일이 생길 거야!"

그런 날, 부엌은 힘이 세다

새벽 4시
아침 6시
점심 13시
저녁 18시

달그락 달그락
지글지글
보글보글
모락모락

어김없이 흘러나오는 소리들

사는 게 힘에 부친 그런 날

누군가가 부엌에서 차려 준 이 한 상차림에

또다시, 걷게 하는 내일의 힘

그 어떤 위로의 말보다
기운 내게 하는 삶의 향 가득한
그곳에서의 소박한 정감 도는 재잘거림

부엌은 힘이 세다

하루의 끝에서 찾아보세요

칠흑처럼 긴 여정의 시작

더디고 더딘 하루의 끝

문득 사라져 버리고 싶을 땐

별을 쥐던 그날의 그대를 기억하기를

좌절과 아픔
이별과 만남
도전과 실패의 시간 속에

그대의 해답이 있다는 것

섬

너라는

나라는

섬과 섬을 잇는 다리가 있다면

너에게 갈 수 있을까

음식은 추억을 닮아서

뜨끈뜨끈 설렁탕
지글지글 삼겹살
보글보글 찌개
후루룩~ 국수
호~호~ 호떡
자신만이 가진 그때의 그 기억의 소리

아무리 비싼 걸 먹어도
완성되지 않은 아쉬운 그 맛

세월이라는 비바람 맞으면서도
잊히지 않는 내 머릿속 선명한 맛의 향기
눈물 없이도 서글퍼지는 아름다운 시절의 이야기

이상하지 않은가?
더 좋은 맛을 내기 위한 레시피가 넘치는 세상 속에서
그 보고픔은 어디서부터 오는 사치인 건지

그건, 아마도 음식은 추억을 닮아서
사랑이라는 재료를 넣어 미소라는 맛을 내고
누군가와 함께한 시간이라는 꽃에 담아
가슴 속에 쌓아 놓고 두고두고 꺼내 보는
자신만의 투명하게 아련한 그리움의 책장인 거겠지

풀빵 하나 추억 둘

울 할매 손잡고
종종 걸음 재촉하며
따라간 오일장터

생선에 과일에 야채에 나물에
이렇게도 많은 물건이 있다는 것에
연신, 감탄 일색

파닥파닥
무슨 소리인가? 하고 바라본 그곳에
구슬피 눈물짓는 어미닭

가여워 '괜찮다' 얘기하다가
놓치고 만 울 할매 손
한참을 헤맨 노곤함에 기대

주저앉아 있는 자리로

막 구운 따끈따끈 풀빵 하나
금세 무겁던 그늘진 얼굴에
무지갯빛 미소 한 아름

호호호 불어
할매 반쪽, 나 반쪽
나머지는 울 언니, 울 동생 하나씩

장날마다 만나던 풀빵가게 아주머니의
설운 그림자 드리우던 낡은 의자

어느 날부턴가 보이지 않던
그 자리에 들어선
낯선 가게의 서글픔

겨울이면
그 시절 그날의 풀빵이 생각나
이리저리 찾아 헤매는 골목길에

자리 잡은 붕어빵 가게

3마리에 1,000원이라는
주인아주머니께 건네는 주머니에
남아 있는 허전한 그리운 기억

머리부터 야금야금
꼬리부터 살금살금
어느샌가 사라져 버린 풀빵
그 자리를 대신하는 붕어빵으로는
채워지지 않은 철없던
눈부신 그날의 풋풋한 온기

분명 따끈하게 먹었는데도
배고픈 이 공허함
더 비싸지고 고급진 즐비하게 늘어선
화려한 네온사인 사이로 드리우는
잔잔한 흑백거리의 모퉁이

순간, 떨어지는 눈물 한 방울

그 시절 나의 서러운 허기를 채운 건
풀빵이 아니라 우리 할매의 사랑이었구나라는 고마움

무언가를 이해하면 할수록 훌쩍 더 깊게 패여 가는 세월의
흔적
나이가 든다는 건 이렇게 그 시절 안에 담긴 의미의 깨달음
눈부시도록 서글픈 찰나의 인생길

버겁기만 한 하루하루만큼 잊어 가는
우리들 모두의 기억 속에 자리 잡은
풀빵을 어느 순간부터 잊고 지내지는 않았나요?

그대를 위한 소소한 외침!
카르페 디엠(Carpe Diem)!

당신은 행복하신가요?
당신은 행복이 무엇이라고 생각하신가요?
당신에게 행복의 반대말은 불행인가요?

요즘 우리는 외로워진 걸까? 아니면 편해진 걸까?

홀로 식사를 하고
홀로 영화를 보고
홀로 여행을 간다

차라리 혼자를 선택하는 편이 더 낫다는 사람들이 늘어 가고 있다.

서점에 가면 행복과 관련된 수많은 도서들

읽고 또 읽어 보지만
우리는 여전히 행복하지는 않다.

소확행, 라곰, 힐링, 휘게…… 와 같은 신조어들의 등장만큼
우리에게 행복한 삶에 대한 갈망은 계속되고 있다.

이에 대한 해결책으로는 지금 이 순간을 잠시 멈출 수 있는
용기!
 자신을 있는 그대로 사랑해 줄 수 있는 주관적인 객관의 따
스함은 아닐까?

 '**욜로(You only Live once)**' '**워라밸(Work&Life Balance)**' 등
유행어처럼 '단 한 번뿐인 인생을 어떻게 살아야 할 것인가?'라
는 질문에 대하여 톨스토이의 《사람은 무엇으로 사는가》라는
책에서는 이렇게 이야기하고 있다.

 기억하시오. 가장 중요한 순간은 바로 지금이라는 사
 실을 말이오. 왜 지금이 가장 중요하겠소? 우리는 오
 직 '지금'만 영향력을 행사할 수 있기 때문이오. 오직
 지금 이 순간만이 우리가 마음대로 다룰 수 있는 유

일한 시간이라는 말이지요. 또한, 가장 중요한 사람
은 바로 지금 함께 있는 사람이오. 앞으로 그 어떤 상
황에서 그 누구와 자신이 인간관계를 맺을지 모르므
로 가장 중요한 사람은 지금 함께 있는 사람이오. 그
리고 가장 중요한 일은 함께 있는 그 사람에게 착한
일을 행하는 것이지요. 그를 위해 이 세상에 인간이
보내졌고, 오직 이를 위해 인간이 이 세상에 왔다는
사실을 잊지 마시오.

　　　　　　　　　- 톨스토이, 단편〈세 가지 질문〉중

　영화〈죽은 시인의 사회〉에서 키팅 선생님이 외치던 '카르페
디엠(Carpe diem)'의 말처럼 **지금 살고 있는 이 순간에 충실할
때** 우리는 진정한 행복을 경험할 수 있다는 것이다.

그렇다면, 먼 곳을 향해 지금 행복을 찾고 있는 당신에게 있어서,

첫째, 세상에서 가장 중요한 때는 언제인가?

둘째, 세상에서 가장 중요한 사람은 누구인가?

셋째, 세상에서 가장 중요한 일은 무엇인가?

행복은 당신 안에 이미 존재하고 있다는 사실을 깨닫는 순간!

오늘, 하루가
당신의 가장 젊은 멋진 날이 된다는 마법!

"사막에서 오아시스를 왜 찾아?

그 사막을 나갈 생각을 해야지."

– 영화 〈신과 함께 인과 연〉 中 –

2부

달의 위로

바다의 첼로 연주를 들으며

흐릿한 기억 속 해변가에는
세월이 흘러도 흩어지지 않은
추억 담은 음악이 있지

그리운 파도 소리 품은 너를
귓가에 대면 "쏴와~"
들려오는 신비로운 축제의 향연

알맹이가 사라진 그 자리에
헤엄치듯 소용돌이치며 흩어져 가는
까마득히 깊은 심연 속
구슬픈 바다의 첼로 연주

비우지 않으면 채울 수 없는 삶의 공연
가득 안고 있는 것을
때론, 버릴 수 있어야 새로운 연주가 가능한
붙잡고 싶은 인생의 시나리오 속 행복이라는 음악

소라껍질만이 연주할 수 있는 바다의 소리
그대만이 담을 수 있는 희망의 연주

0을 곱해 봐!

1과 0을 곱해 봐

2와 0을 곱해 봐

3과 0을 곱해 봐

4와 0을 곱해 봐

......

아무리 곱해도 내가 변하지 않으면
0이 되는 제자리걸음

인생의 0은 지금 순간순간을 바꾸는
비밀스러운 숫자

그대만이 풀 수 있는 0의 계산법

삶의 온도

따뜻함과 차가움의 정도
수치로도 나타낼 수 있지만
가끔은 측정할 수 없는

사랑의 온도
마음의 온도
기부의 온도
사람과 사람 사이의 온도 차

뜨겁게 뛰고 따스하게 걷는 삶의 온도는
오늘 하루도 차가운 시련 속에서 숨차게 달리는
그대라는 열정(熱情)

개미

지금 너에게 필요한 건 양식보다 휴식

그리움 내리는 길

가을처럼 잠들어 버린 짙어진 저녁 공기에
첫눈 같은 계절의 불빛들이 흩날리면
서럽도록 차가운 신비함 감도는 겨울 소리가
흘러넘치는 그리움 내리는 길이 된다

따스한 슬픔이 내려앉으면
녹아내려 사라질 줄 알면서도
가 버린 겨울 아쉬울까
그 위에 꿈처럼 그려 보는 소란스러운 발자국

괴로움만 가득하다 생각한 그 자리 바라보니
행복도 깃들어 있구나 싶어
안도의 한숨 맞으며 자라난
그 상처에서 피어난 꽃 한 송이

어디선가 나부끼다 지친 나비 한 마리 날아들어
그곳에 앉으니 이내 깨고 마는 한순간의

황홀한 애달픈 인생이여

태어난 순간 그 끝을 향해 걷지만
도무지 알 수 없는 결말에
소스라치게 울고야 마는 타는 이내 가슴

손에 잡을 수 없는 눈꽃송이를
쥐려고 아무리 발버둥 쳐도 사라지는
찰나의 시간 속에 새겨진 무늬들

지는 세월 그리워하다 지금을 놓치고 마는
어리석음에 기대어 마시는 고단한 술잔

한 귀퉁이에 영원의 순간 접어놓고 보니
한 순간의 고요한 찬란한 꿈이어라

우리라는 문장성분의 마침표

주어가 없는 서술어가 되어 버린 이야기

네가 없는 나는 이미 부사어

너를 본 순간 나에게는 목적어

문장에서 가장 중요한 것이 주어도 서술어도 아니라면

사랑에서 가장 중요한 건 너와 내가 아닌 우리라는 사실

그대라는 문장은 나에게는 끝나지 않은 마침표

나라는 문장에서 가장 중요한 성분은 당신

얼룩말

너에게 새겨진 횡단보도

쉼 없이 달려온 버거운 순간들

잠시 멈추어 기다려 보는 초록빛

"어른이 된다는 것은

계기판은 210km/h까지 있지만

60km/h으로밖에 달릴 수 없는 것."

– 영화〈러브 미 이프 유 데어〉中 –

우체국에서

네게 보낼 소포에

기다림 하나

아쉬움 하나

보고픔 하나

서글픔 하나

미   움 하나

통   증 하나

넣어

펜으로 꾹. 꾹.

그대의 주소를 적는다

네게 닿지 않을 이 소포에 마지막으로

그리움을 담아 본다

그대가 있는 저곳 너머로 보내 줄
우체국이 있다면

네게 보낼 소포를 다시 접어 놓는다

내 마음속 우체국에

두부가 부드러운 이유?

두고두고 보면 뒤처지는 거 같은 서러운 시간
   부드러워지는 세월의 흔적처럼 나이가 들수록 깊어지는 우
리들 삶

누구나, 피해 갈 수 없는 나이 듦이라는 숙명

나이가 들어간다는 건
두고두고 부드러운 눈으로 볼 수 있는 또 다른 청춘의 길

오늘 하루의 깊이만큼 그대 누군가를 이해하게 되었나요?

젊은 연가(戀歌)비가 내리다

나이 듦에는 젊음이 있었지

그때는 알지 못하는 찰나의 비밀스러운
산산이 부서진 퍼즐의 조각들

그 한 움큼의 시간들에 담긴 해질녘
황혼빛으로 붉게 타오르는 추억

푸르던 날들의 청춘(靑春)을 그리며
지나가 버리고 나서야 맺히고 마는 꽃망울

그 빛깔 그림이 되어
어딘가에 있을 젊음과 나이 듦의 청춘에게
영원(永遠)의 시간으로 멈춰 버린 한 편의 이야기

하얀 서리 내리듯 영롱한 처연한 색 드리우며

점점 멀어져 가듯 잊혀 가는 순간순간
밀려오는가 싶다가도 이내 떠내려가는 파도처럼
살포시 머무는 계절 타고 한 겹 한 겹 떠내려가는 꽃잎

젊은 연가(戀歌)비처럼 흘러내리는 세월이여
오늘도 이렇게 그 시절의 내가 언젠가의 나와
만남과 이별의 끈으로 살아 내고 있구나

낙엽 지는 물결을 따라 걷다

갈대밭은 떨어져 내리는 황금빛들의
낙엽 지는 물결이 되었다

가을에는 무엇이든 타오르는 석양이
되는구나

우리들의 인생에도 언젠가 찾아올
이 계절이 없다면

흘러가 버린 추억을 담아 놓을 곳 없이
스러져 내리겠지

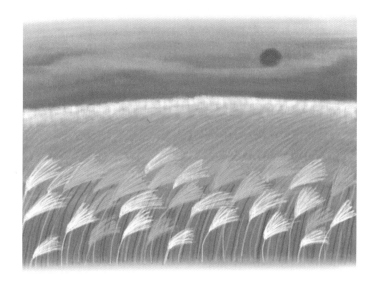

그대, 고맙다

웃어 줘서 고맙다

행복해 줘서 고맙다

아프지 않아서 고맙다

슬픔에 주저앉지 않아서 고맙다

네가 슬퍼지면 내 가슴이 아파 온다
서글픈 그 마음 낫게 할 약은 그대

그러니, 나를 떠난 그대여

어딘가에서 잘 살아 주고 있어서 고. 맙. 다.

누구를 위해 밤은 오는가?

- 별이 빛나는 밤에

반 고흐의 〈별이 빛나는 밤〉을 보고 있으면
문득 떠오르는 질문
누구를 위해 밤은 오는가?

칠흑 같은 밤이 내리면
정지되어 버린 화면 안에서
낮과는 다른 시간의 깊이가 가진 강렬함이
생기를 갖기 시작한다

밤의 대지 위로 끝없이 펼쳐진 요동치는 파도
그 위로 흐르듯 쏟아지는 사파이어빛
또 한 번의 어둠 속에서 키워 낸 낮의 시작
밤이 우리에게 준 유일한 선물

검은색의 어둠을 깨 버린
보라색, 파란색, 초록색의 물결치는 풍경
그 안에 수놓아진 11개의 별과 단 하나의 달빛
설운 세월 이내 견뎌 내고 있는 사이프러스처럼
흐드러지는 타오르는 불꽃

금방이라도 존재의 무거움마저 휩쓸 거 같은
폭풍우처럼 몰려와 울부짖는 외로운 회오리들
밤이 밤을 뒤덮은 뿌연 검푸른 안개빛의
흩뿌리는 침묵의 바람

닿고 싶어도 닿지 못하는 별이라는 실존의 환상
우리가 모르는 내일과 또 다른 내일에 거는 희망에
버티고 서 있는 오늘이라는 태풍의 눈
요란스럽도록 고요한 적막 같은 끝없는 인생이라는 항해

그 여행에서 만나게 되는 밤의 의미

누군가에게는 휴식
누군가에게는 설렘

누군가에게는 시작
누군가에게는 절망
누군가에게는 기회
누군가에게는 눈물

그렇게
밤의 해석은 각자에게 다르게 선택된다

황량하도록 짙은 구름 위의 광야에서
찬란하도록 빛나는 자신만의 별에 닿기 위해
걸어온 세월들
어느덧, 되돌아보고서야 깨닫는 서럽도록 그리운
순간이 준 깨달음

가끔은
밤하늘에 별빛과 같이 있는 그대로
소유하지 않아야 더 아름다운 것이 있다

그저 그것을 바라보며 또 다른 꿈을 꾸기 위한
삶의 희망이 되어 주어야 하는 것처럼

그대에게 흘러넘치는 밤이 어둡다고 주저앉지 말기를
그 위에 함께 떠 있는 그대만의 별에게 거는 뜨거운 기대
다시 일어나 걸어갈 그대를 위해 밤은 오늘도 내린다

아픔을 다루는 법

어쩌면,
행복해지는 것만큼 중요한 아픔을 다루는 법

그 눈물이 상처와 슬픔으로 남지 않게 하기 위해서는

그대에게 위로라는 처방약
충분히 아파할 수 있는 넉넉한 시간

그리고
그 아픔에 마주하는 용기를 주는 것

그대를 오롯이 사랑해 주는 자신이기를

그렇게 흘러가는 시간의 어딘가에
또 다른 그대가 기다리고 있다는 설렘

너의 이름을 그린다

어느샌가

그 이름 위로 소복이 쌓인 눈

한 글자 한 글자씩 지워져 간다

이내,

참았던 눈물 뺨을 타고 뜨겁게
내리 떨어진다

눈앞의 흩날리는 하얀 눈꽃향기
그 사이사이마다 담긴 너의 숨결

고운 빛깔마디마디에 너를 새긴다

또 한 번 눈 위에 너의 이름을 그려 본다

사랑, 지웠다 써도 내리는 눈물이구나

그.만. 설레고 말았다

그대 오늘 지친 하루 시간의 벽에 부딪혀
그만, 포기하고 싶어지나요?

이제는 그만 포기하고 싶은 생각을 포기하고
그만이라는 생각을 그만해 보는 건 어떨까요?

그만이라는 두 글자의 차이

그만 포기하고 싶은 당신을 그만큼 커지게 해 주는
그.만. 깨닫게 되어 버린 또 다른 시작의 설렘

향수(perfume)에 관한 모든 것!

당신이 반드시 알아야 할 향수에 관한 모든 것!

은은하면서 상큼한
발랄하면서 청량한
청초하면서 달콤한
단아하면서 순수한 향 품고

피오니의 풍려함
조팝꽃의 고요함
장   미의 화려함
유채꽃의 따스함 깃들어

새벽이슬 머금고 떨어지는 시트러스의 잔향처럼

길가에 아무렇게나 피었어도
그 자태조차 우아한 민들레 꽃향기 닮은

이 세상 단 하나의 가장 고급스러우면서 매력적인
그대만이 풍기는 삶의 향

거리의 버려진 담배꽁초

아무렇게나 여기저기 나뒹구는 너희들도
한순간만은 누군가의 간절함이었겠지

피는 건 꽃, 져 버린 건 양심이구나

측정할 수 없는 것에 대하여

살면서 가장 무거웠던 건
부스러기처럼 사소한 것들이었다

때론,
그 무엇으로도 측정할 수 없는 것이 있다

시간에 담긴
그대만이 잴 수 있는 실존의 무게감

그대라는 꽃말

누구보다 아름다운 너

그대라는 단 한 송이의 꽃

그 꽃말은 당신을 사랑하는 나

귀로(歸路)

사랑으로 돌아갈 때 보이지 않는 사랑

젊음으로 돌아갈 때 보이지 않는 젊음

건강으로 돌아갈 때 보이지 않는 건강

행복으로 돌아갈 때 보이지 않는 행복

흐르고 나서야 보이는 것
그때 알았다면 아쉬움

되돌아보다 지금을
놓치고 마는 또 다른 후회

어느 날 어느 순간
다시 만날 나에게 기대는 희망

오카리나 소리에서 배우다

내 마음속에 굳게 잠긴
자물쇠를 열어 주는 소리

삶이라는 물음표에 정답을
찾지 않아도 된다고 달래 주는
잔잔한 금빛 물결의 파동

작은 이 악기에 담긴 수많은 사연들
음악이 되어 흩날리면

고요한 어두운 저녁 달빛처럼
한 움큼의 미소가 되어
'괜찮다'고 말해 주는 위로

화려하지 않지만

그래서 더 애달픈 그리운 연주

오카리나를 처음 배운 날 스며든
조그마한 종소리처럼 짧게 퍼지던
그 청아한 감미로운 울림의 전율

마치 작은 입구를 서로 지나가겠다
안간힘을 쓰며 살고 있는
우리들에게
가끔은 쉬어 가도 된다고 전해 주는 노래

거우 배운 경험들로 하루하루 건디는
버거운 삶의 테두리 안에

주저앉을 것처럼 힘든 하루를
우연이라는 이름으로 일어서게 해 주는
단아한 아름다운 이 소리로 웃게 되는 꿈

자신이 곧 음악이 되는 인생
진정한 아름다움은 크기가 아닌 깊이에 있음을
알게 해 주는 오카리나 소리

잠시, 쉬어 가라는 거야!

- 아프리카 어느 부족의 우울증 처방 이야기

마음의 감기라는 우울증!
이젠, 괜찮은 척! 애써 웃지 마!
잠시, 쉬어 가라는 거야!

현대 사회의 많은 사람들이 앓고 있는 사람마다 각자의 이름처럼 다른 증상으로 나타나는 우울증은 최근 들어 그 수치가 증가하고 있다. 이러한 우울증을 다스리는 방법 또한 이름만큼 많아 결국 자신의 내면을 들여다볼 수 있는 스스로가 찾아내려고 노력해야 한다.

아프리카 중부의 '오리건 아메리카 부족'은 우울증에 걸리면 부족치료사가 환자에게 다음 네 가지를 묻는다고 한다.

첫째, 마지막으로 노래한 것이 언제인가?
둘째, 마지막으로 춤춘 것이 언제인가?

셋째, 마지막으로 자신의 이야기를 한 것이 언제인가?

넷째, 마지막으로 고요히 앉아 있었던 것이 언제인가?

위의 네 가지 질문을 해 본 적이 오래전이거나 아니면 거의
해 본 적이 없다면 몸과 마음이 병드는 것이 당연한 일이라는
것이다. 그래서 부족치료사의 처방은 하루 빨리 그 네 가지를
하라는 것이다.

노래하고

춤추고

자신의 이야기를 하고

고요히 앉아 있는 것

이 네 가지를 하는 것만으로도 우울증이 치료될 수 있다고
믿는 그 부족의 이야기에는 신비한 힘이 있었다.

프랑스에서보다 한국에서 더 많은 인기를 얻고 있는 작가로
알려져 있기도 한 《베르나르 베르베르의 상상력 대사전》이라
는 책에서 그는 사랑의 네 가지 방식에서 그 완성은 노래와 춤
으로 이야기한다.

아마도 이 부족은 알고 있는 것이 아닐까?

우울증의 가장 큰 처방약은 바로 '사랑'이라는 것을……

그대의 오늘 하루가 사랑으로 가득하기를 바란다.

"살다 보면 화나는 일도 많지만

분노를 풀어서는 안 된다.

세상엔 아름다움이 넘치니까."

- 영화 〈아메리칸 뷰티〉 中 -

3부

바람의 위로

가을이 지는 길에서

바람이 지나가는 자리마다
가을이 불어옵니다

나는 오늘 아픔 없는 꿈이기를
기도합니다

나는 내일 사랑 없는 꿈이기를
기도합니다

나의 여리고 작은 고독의 봄을
아직 잠들지 못하는 추억의 별 하나에
그려 봅니다

가을밤의 서늘함에
못다 피고 져 버린 꾸지 못한 꿈이

또다시 뛰고 있는 것은

아직 나의 내일이 오고 있기 때문입니다

이미 지나간 나의 꿈이 깨지 않았기 때문입니다

나무

흐르는 시간의 테두리를 안고

아픔과 상처가 클수록
더 좋은 열매를 맺는

네 계절을 품은 너

잊혀 가는 것들은 아름답다

낙엽

돌아서야 할 때를 알면서도
이내 되돌아오고야 마는
나의 처연한 청춘이여

격정의 바람 놓지 못해
온 힘으로 부여잡고 있는
나의 애달픈 사랑이여

분분하게 흩날리며
첫눈처럼 쌓여 내리는
상처가 피워 낸 영혼의 꽃

차라리, 외면하자
그 길목에 서서 서성이던
하늘하늘 쏟아 내리던 눈물

나조차 이길 수 없던 내 안의

무성하게도 메말라 버린 녹음

헛된 사랑의 가시나무 숲

기억의 바다를 품다

찰나의 순간을 담아내서
영원의 시간을 기록하는
우리를 비추는 또 다른 타인

점점 작아지는 우리들의 마음에
담아내기 부족한 시간을
프레임에 끼어 둔 삶의 메타포
서랍에 접어 두는 기억의 바다

그 시간으로 되돌아갈 수 있는 타임머신
눈물이 내리지 않아도 열어 볼 수 있는
소복이 내린 새하얀 추억의 세월길

우리들 가슴 속 마음의 서랍장에
너무 많은 걸 담고 살다 보니
빌려 둔 그곳

그대가 오늘 남긴 사진 한 장은
내일을 버티게 하는 행복 한 장

괜찮아, 누구나

괜찮아, 누구나 태어날 땐 그렇게 운단다

괜찮아, 슬플 땐 **누구나** 그렇게 운단다

괜찮아, 기쁠 땐 그렇게 **누구나** 운단다

괜찮아, 그렇게 아프면 운단다 **누구나**

내가 울어 보지 않고서는 눈물이 얼마나 뜨거운지 알 수 없단다

낯선 달빛 아래에서

찰나가 긴 날이 되는 순간

추억이 흑백의 거리로 쌓이고

낙엽이 그 빛을 바라듯 기억을 더듬어 걸으면

잡으려 할수록 멀어지고야 마는 마지막 고요한 외침

가슴 속에서 자라나던 그 꽃들이 모두 시들어 가면

깊게 패인 잠들어 버린 흩어진 그 시절의 꿈

좁은 길가에 나뒹구는 서투른 삶의 상처들

낯선 달빛 아래의 파도치는 바다

귓가로 흘러넘치는 그림자 소리

그 속의 의미를 알기 전까지는

시간의 길이는 아무 의미가 없을 때가 있다

정류장은 그 자리 그대로 있습니다

이미 지나가 버린

아슬아슬하게 놓쳐 버린

버스

참, 다행이다

다시 올

차분하게 찾아와

반드시 탈 수 있게 될

그 버스

인생이라는 정류장은 그 자리 그대로

지금 뛰어야 하는 건 그대

같이, 클래식 들으실래요?

침묵만이 흐르는 연주 소리
피아노
첼로
바이올린
하프

가사 없이도
슬픔, 환희, 애달픔, 그리움, 열정
수많은 것들을 품고 있는 악기들의 표정

배경음악으로 하기에는
그 선율들의 차갑고도 뜨거운 선명한 벅찬 잔잔함

언어가 되어야만
주인공이 되는 것이 아니라는 깨우침

거칠면서 부드러운

삶 속에 녹아 살아 숨 쉬는 음악들

같은 악기지만 연주가에 따라 전혀 다른 색의 소리
같은 인생이라는 악기에 어떤 연주를 할 것인지는
결국, 자신에게 달려 있다는 행복의 가치

인생의 선율에 덧붙여 쓰는 가사가 되는
삶의 여정에서 자신만의 음악을 만들어 가는
클래식 같이 들으실래요?

해를 삼킨 미움에게

누군가를
미워하는 것은 차라리 쉬웠다

공허한 침묵을 적시는 개와 늑대의 시간
붉게 타오르는 선과 악을 품고 떨어져 내리는
수평선 너머의 엷은 낙조(落照)

기억해 낼수록 먼지처럼 사라져 버리는 그날의 아픔
그때의 그 시간에게 던지고 마는 위로할 수 없는 위로

그 무게만큼의 삶을 에이는 통증이 지난 그 자리에
새살 돋듯 자라나는 희망이라는 두 글자
그날의 알 수 없던 고집스러운 패인 상처 속 긴 침묵은
그때 그날의 이유를 이해하는 용서였다

눈물은 예고 없이 내린다

흩날리는 흑백 풍경 위로 예고 없이 내리는 눈물
보
고
싶
다
말하지 못했던 나지막하게 흔들리며 뒷걸음질 치는 외침

기타의 선율처럼 좌우로 흘러넘치던
우리의 연주는 발걸음을 잃어버린 채
앙상하게 말라 버린 나뭇가지가 되었고

귓가에 넘쳐흐르던 그 작은 새소리들은
어느샌가 잔잔한 무거운 침묵에 눌려

추억이라는 공간을 비집어 찾아봐도
소용돌이치는 가슴 속에 이는 물결로

어느 순간
튕겨져 나와 버린 소리의 '파' 음처럼
쏟아져 내리는 기억의 파도가 되었다

남해 가천 다랭이 마을에는

남해 가천 다랭이 마을에는
나물 파는 그녀들의
따스함 깃든 손길이 있지

나도 모르게 사 버리고만
시금치 5,000원
한가득 담아 주는
도시에서 볼 수 없는 온기

어쩔 줄 몰라서 놀라는 내 표정에
"괜찮다, 들고 갈 수 있으면 더 가져가라"는
그녀들의 목소리가 울려 퍼지고
강렬한 남해 앞바다 냄새가 내 코끝을
스쳐 지나가면

해안절벽을 끼고 둘러앉아 있는
한 층 한 층의 석층을 쌓아 올린
집들 사이사이로 피어난 동백꽃 향기

척박한 땅만큼 억척스럽도록 고달픈
배 한 척 들지 않은 그곳에서 흘러나오는
그들의 삶이 노래가 되어 피어나
나물마다 담긴 고운 빛깔 꽃이 된다

들쭉날쭉 꼬불꼬불
멀리서 바라본 그 마을의 모습 속
사이사이 서럽도록 찬란한 아름다운 이야기

고운 길 따라 걷다 보니
어느새 한나절이 훌쩍 지나간다

못내 아쉬운 마음 품고서
돌아와서도 순간순간
도로변에서 나물 파는 할머니들을
볼 때면 생각나는

여전히 내 가슴속에 남아 있던
그곳의 풍경에는
가난한 우리들 마음을 채워 주는
따스한 해변 따라 흐르는
삶의 노래가 있었다

남해 가천 다랭이 마을에는
올해도 동백꽃이 피었겠지?

1부와 2부를 지나 그다음

1부 (통로)

통로를 지나

어둠을 헤치니

그곳에 네가 있었다

2부 (길)

길을 따라

풀밭을 스치니

그곳에도 네가 있었다

통로를 지나 길을 따라
걷다 보니,
너라는 내가 그 끝에 있었다

인생의 시작도 끝도 자기 자신을
만나고 떠나보내기 위한 여정

1부와 2부를 지나 그다음을 걷기 위한 첫걸음이 된다

파도처럼 그렇게

밀려오는 그리움

떠나가는 아쉬움

파도처럼 그렇게 너는 내게 왔다 갔다

시가 그리움이 된다면

시의 언어는 은유
나의 언어는 그대

수많은 이야기를 담아
그대 나에게 다가와
시의 언어가 되었다

나의 모든 시가 그리움이 된다면
그건 그대가 곁에 없기에

수없이 적어 내려갔지만
전하지 못했던 마음

기다림의 시작은 그리움의 끝이 되었다

그대라는 그늘

누군가에게는 슬픔이 되고

누군가에게는 쉴 곳이 되어 주는

가슴 한구석에 품은 그곳 어딘가에

아픔을 두고 온다

내리우듯 흐르는 고요한 스침

보일 듯 보이지 않는 그 그림자

시간의 한편 한편 속

순간마다 떨어져 내리는 향연의 속삭임

그 찬란한 많은 상처들 감싸는 포근한 바람결

감추어 둔 아픔 쉬게 할 붉은 석양빛의 끝에서

다시 한번 살아갈 용기가 되어 줄

태양의 위치에 따라 변하는 그대라는 그늘

겨울, 하얀 눈이 내리는 건

눈이 하얀 건
그 위에 다시 시작할 수 있다는 여백

채워지지 않은 그 색에
빨강, 노랑, 검정의 색색들 덧칠해 나가며

자신만의 색을 만들어 가라는
계절의 끝이 계절의 시작에게 주는 기회

그.런.데. 네가 왜 거기서 나와?

'인생은 시련 속에서 행복이 찾아온단다'

그런데

'그 시련을 견디지 못하면 행복은 찾아오지 않잖아요'

그런데

'그 시련을 견디면 행복은 찾아온단다'

그.런.데.라는 접속어
　오늘도 포기하고 싶은 지친 우리를 내일과 이어 주는 그 말
의 힘

이모티콘 사용법

감정을 전달하는 가장 쉬운 방법!

행.복.하.다.
고.맙.다.
미.안.하.다.
용.서.해.
이.해.한.다.
알.았.어.

가끔은
이모티콘 하나로 많은 것을 전달할 때가 있다

때론
말보다 표정이 더 많은 것을 전달해 주는 것처럼

샤갈의 푸른색에는

샤갈의 푸른색은 왜 차갑지 않은가?

냉정하고
차가울 것만 같지만
막 타오른 불꽃처럼 포근하며
깃털보다 더 가벼운 따스함이다

폭풍우 치는 듯한
몽환적인 느낌의 신비스러움이 감도는
푸른색인 듯 푸른색이 아니다

거칠면서도 생기 감돌던
우리들 젊은 날의 그 시절을 떠오르게 하는
시간이 흐를수록 옅어져 가는 그날처럼
아픔도 슬픔도 찬란했던 그리움이다

짙은 푸른색에 그 시절

땀방울 하나
눈물방울 하나 번져 가면
자신만의 빛깔을 만들어 간다

원색이 가지는 편견을 버리고
새로운 자신을 만들어 주는 낯선 익숙함이다

샤갈의 푸른색에는
우리들의 빛나는 계절의 깊은 밤이 있다

나에게 주고 싶은 선물

오늘의 내가 내일의 나를 만나
해 주고 싶은 이야기

내일도 지나고 나면 오늘이 된다는 것

늘, 현재는 어제와 내일이 되는 신비한 시간

그래서
후회를 희망으로 선물할 수 있는
어제의 내가 오늘의 나와 내일의 나에게
주고 싶은 가장 큰 선물은

지금 이 순간을 뜨겁게 살아 내라는 것!

"어째서 우리는 자신의 마음에 귀를 기울여야 하는 거죠?"

"그대의 마음이 가는 곳에 그대의 보물이 있기 때문이지."

– 파울로 코엘료 –

괜찮은, 삶은 계란을 받던 날

아침 출근길
분주하게 뛰어가는 나
우리 학교를 청소해 주시는 아주머니와 마주쳤다

반갑게 인사를 하고
아까보다 더 급히 뛰어가는 나
그런 나를 아주머님께서 천천히 부르신다
'선생님, 이거 하나 받아요'

오늘 달걀 3개를 삶아 오셨다며 나의 차가운 손 위로
그녀의 포근한 손길 같은
따뜻한 달걀 하나가 소중하게 내 손안에 놓여 있다

순간, 왈칵 쏟아져 내리는 눈물을 훔치며
삶은 계란을 쥐고

감사하다는 인사와 함께 마구 뛰기 시작했다

삶은 계란 하나에 왜 눈물이 나는 걸까?
뛰면서 계속 '삶은 계란 3개'를 중얼거렸다
그 귀한 3개 중에 하나를 받은 그날
하루만큼의 눈물이 흘러 내렸다

어쩌면,
앞만 보고 뛰다가 잊고 지낸
쳇바퀴 속 일상의 소소한 행복의 발견
언제부터가 익숙해져 버린
굳어진 표정 속 감춰 둔 미소처럼

때론 각자의 몫을 살아가느라 지쳐 버린 우리에게
삶은 계란 하나만큼의 따스함이 필요한 건 아닐까?

인생은 뜨거운 물에 데쳐지고 나서야 단단해지는
누군가에게 따스하게 건네줄 수 있는
괜찮은, 삶은 계란처럼

시련과 깊게 상처 난 그 자리에 피어나 자라는
한 그루의 나무와 같이
흐르듯 살아가는 세월을 견디는 시간만큼
누군가에게 따스하게 위로가 돼 줄 수 있는
괜찮은, 삶은 인생이 된다는 것

인생샷! 찍으러 갈까요?

인생에서 찍은 사진 중에 최고로 꼽을 만큼 잘 나온 사진을 의미하는 '인생샷'

블로그마다 즐비한 인생샷 찍기 좋은 핫플레이스
인생샷 찍는 10가지 방법!
인생샷 남기는 꿀팁 등의 글이 올라온다

인스타그램, 페이스북, 카카오톡 등의 SNS의 관계망과 함께 인생샷 찍기 열풍도 급상승하고 있다.

이제는 꼭 여행을 가야만 사진을 찍는 시대는 아니다. SNS에 '#일상픽, #먹방' 등의 해시태그의 보편화로 일상의 사진들을 나만이 아닌 타인과 함께 공유하는 '좋아요'의 시대가 되어 가고 있다.

나의 일상이 사진이 되는 하루!

최근에 한 달에 한 번 정도 사진을 배우러 다니기 시작했다.

사진을 배우며 지금까지 찍는 것에 바빠서 놓치고 말았던 프레임 속 배경들이 보이기 시작했다.

보이지 않는 것 그 너머를 생각하며 찍기 위해서는

내가 원하는 컷이 나올 때까지 기다려야 하는 인내심을 길러야 한다는 것!

사진의 고수들은 잘 나오는 인생샷 한 장을 찍기 위해서는 수십 장을 찍는다고 한다.

한 장의 사진 속에 담긴 이야기는 어쩌면 우리를 진정한 삶의 주인공으로 만들어 주고 있는지도 모른다.

오늘이라는 여행 속에
평범함이라는 주제를 남아
소박하게 찍은 자신만의 인생샷을 남겨 보는 즐거움!

멋진 여행지가 아니라도
특별한 시간을 내지 않더라도

내가 항상 걷는 이 길이
자신만의 여행지가 되어 떠나는

최고로 멋진 인생샷을 남길 수 있는 하루가 되기를 바란다.

그대의 인생샷에 '좋아요' 한 표를 남겨 본다.

"누구를 사랑하고자 한다면

너 자신을 먼저 사랑해야 해."

- 영화 〈미녀와 야수〉 中 -

4부

꽃의 위로

가시에 찔린 통증처럼 삶이 아프다고 한다

삶이라는 꽃을 피우기 위해서는
이곳저곳 날카롭게
자리한 가시에 찔리고

예고 없이 밀려오는
세찬 비바람에 흔들리며

이리 치이고 저리 치일수록
파도에 깎인 조약돌처럼
매끈하게 자기 모습 찾아가
그 빛을 내뿜는 시간 속 자신과의 투쟁

가시에 찔린 통증처럼
삶이 아파온다는 건

이제 그대의 꽃 피울 시간이 가까워 오고 있다는 것

꽃은 피기 전까지는 지지 않아요

시절(時節) 꽃

핑크, 빨강, 파랑
가지각색의 아름다운 빛깔
몇 걸음마다 즐비한 네일숍 너머
분주한 손질의 기다림

어린 시절
울 언니랑 봉선화 꽃잎 따서
고운 색 바라는 마음 명반(明礬)에 담아 찧어
손톱에 올리고 헝겊으로 싸매
하룻밤 자고 나면 예쁘게 물든 꽃마중

그 색 첫눈 올 때까지 지워지지 않으면
첫사랑이 이루어진다는 소녀의 간절한 바람
추운 겨울 올 때까지 버틴 열정

어느샌가 기억 속 너머로 잊혀 버린
향긋한 꽃내음보다 순수한 설렘이다

가볍게 빠르게 쉽게
몇 시간이면 완성되는 화려한 네일
분명히 그 시절의 꽃물보다 찬란한 색이지만
담아낼 수 없는 그리움

복사꽃 살구꽃 다 져 버려도
봉선화만은 우리들 손톱에 남아

또 한 번 소란한 인연으로
피어나는 시절(時節) 꽃

언젠가는 이루어질 희망 담은
오늘 하루의 꽃물

그 사막에서

홀로 걷는 길이

고요한 침묵조차

무거운 짐이 될 때

그 사막에서 꽃은 피어난다는 걸

사랑하는 사람이 있습니다

거짓말조차 진실로 믿고 싶은

네가 아픈 게 나보다 더 시린 통증이 되는

서러운 이별 뒤에도 그리움으로 남는

차가운 끝마디마저 위로의 언어로 감싸는

쓸쓸한 눈물조차도 추억으로 새겨지는

너를 미워하는 내 자신이 더 서글퍼지는

사랑이 사랑이 아니어도 괜찮은

멀리서도 늘 잘 살기만을 바라는

봄이 되면 봄인 듯

여름이 오면 여름인 듯
가을이 지면 가을인 듯
겨울이 내리면 겨울인 듯

그렇게,
네 계절마다 스쳐지나 가는 너만의 풍경이 되는

어딘가에서
삶의 한 몫을 견디기 위해
오늘도 눈물 훔치며 웃을 그런 사람

바로,
당신이었습니다

그때의 너에게 전하지 않아 다행이다

그때의 너에게 전하지 못한 이야기
그날의 흩어져 버린 그 한마디
그대, 고마웠어요

여전히
그 시절의 따스한 바람결 따라 내게로 흩날리는
너의 향기

그때의 너에게 전하지 못한 이야기
그날의 잊혀 버린 이 한마디
그대, 미안했어요

아직도
그 시절의 가슴 시린 통증 속에 멈춰 서 버린 나에게 밀려오는
너의 추억

그때의 너에게 전하지 못한 이야기
그날의 잃어버린 단 한마디
그대, 사랑했어요

일정한 슬픔 없이 어린 시절을 추억할 수 있을까?

지금은 잃어버린 꿈, 호기심, 미래에 대한 희망….

언제부터 장래희망을 이야기하지 않게 된 걸까?

내일이 기다려지지 않고,

일 년 뒤가 지금과 다르리라는 기대가 없을 때

우리는 하루를 살아가는 게 아니라

하루를 견뎌 낼 뿐이다.

그래서 어른들은 연애를 한다.

내일을 기다리게 하고, 미래를 꿈꾸며 가슴 설레게 하는 것.

연애란… 어른들의 장래희망 같은 것.

- 드라마 〈연애시대〉 中 -

가시에 찔려 보고 나서야

아름다워 바라본 그곳에
날카롭게 솟아난 가시

형형색색의 황홀한 빛깔만큼
5월의 찬란한 그 향내음

아름다운 겹겹의 꽃잎으로
숨겨 놓은 가시들
오늘 하루도 자신을 지켜 내는
그 가련한 붉은 빛

우리네 살아가는 인생에도
청춘이라는 절정의 화려한 장밋빛 시절

그 시간 마디마디마다 새겨진 상처들
가시에 찔려 보고 나서야 깨닫는 후회

장미에는 가시가 있었다

쓰다 만 여백

그 사랑조차 나에게는 이별이 되었다

그대를 사랑하는 시간의 깊이만큼
두려워지는 헤어짐이라는 단어의 무게감

언젠가는 그 시절 그때의
우리가 잊힐 거라 믿었던
과거에 담아 버린 기억의 서랍장

순간순간 열렸다 닫히는 추억의 자물쇠
아무리 채워도 다시금 하나씩 하나씩
튕겨져 나오는 잡을 수 없는 회상

여전히 혼자서
층층이 쌓아 두고 꺼내 보는 쓰다 만 여백에
천천히 그려 보는 그대의 이름 세 글자

나에게 이별은 사랑보다 느리게 하는 일이었다

상흔(傷痕)의 춤사위

이유 없는 눈물이 있다

적막한 어둠이 내리우는 새벽녘

조용히 숨죽여 듣는 밤의 외침

울컥,

뜨거운 설운 것들이 쏟아져 나온다

머릿속은 분주하게 이유를 찾아 헤매지만

가슴 속에 엉켜 있던 것들의 실타래가 풀리며

할퀴어 대고야 마는 기억들

자신도 모르는 어딘가 한 귀퉁이에 있던 상흔(傷痕)의 춤사위

한 올 한 올

흘러내리는 적색의 떨림

이유 없이 흐르는 눈물조차도 이유가 있었다

내가 나를 내일로 채운다

어제가 되어 버린 오늘
내일이 되어 갈 어제

같은 하루 다른 순간
내가 나를 어제로 채운다

익숙한 위로로 달래는
무심한 상처의 소란스러움

다른 하루 같은 순간
내가 나를 내일로 채운다

오직 자신만이 담을 수 있는 삶의 빛깔

그대라는 하루는 어떤 색으로 채우고 있나요?

그 말 앞에서

시간이 지나면 괜찮아진다는 그 말 앞에서

시간이 해결해 준다는 그 말 앞에서

그날의 기억 속 그 상처 앞에서

1년
  2년
    3년
      4년
        5년
          6년이 지나 알았다

그 뒤에 아쉬움과 미안함이 있었다는 것을

시간이 지나면 괜찮아진다는 그 말 뒤에
수많은 해석이 있다는 것을

고민

너는 뫼비우스의 띠

절대 끊어지지 않는 걸 보니

낯선 길 곁에서

하루를 함께하는 너

어디든지 같이하는 너

때론
떨어지지 않은 발길조차도
알고 있는 너

닳고 닳아도 아무 말 없이
기다려 주는 너

간절한 바람을 담아
앞으로의 나를 데려가 줄 너

많은 이야기 알면서도
조용히 그 길 따라와 주는 동행

자신에게 딱 맞는 걸 신지 않으면
불편함 감추지 못하고
이내,
아파 오고야 마는

삶에서도 자신만이 할 수 있는
이유가 되어 주는 그런 신발이 있겠지

그랬다면 달라졌을까?

누군가 내게
다시 되돌아간다면 하고 싶은 것이 있느냐고 물었다

그때 그 시절에도
이번 생이 처음이었다는 것을 더 빨리 깨닫게 되는 것!
그랬다면 달라졌을까?

그때 그 시절이라도
지나고 나면 후회가 되어 버린 후회조차
그리움이 된다는 걸 더 먼저 배우게 되는 것!
그랬다면 달라졌을까?

이번 생이 내가 가장 잘 살아갈 수 있는
단 한 번의 유일한 기회라는 걸 알게 되는 것!
그랬다면 달라졌을까?

아니!

그래서 지금 내가 할 수 있는 건
이번 생이 가기 전까지
지금의 내가 내일의 나보다 더 열정적으로 살아가는 것!

인생은 현재와 미래만을 향해 달리는
불완전한 대중교통이라는 걸
지금 이 시절의 나는 알아 버렸다

청춘, 그리고 어떤 그리움

은은한 커피 향만큼
그 시절의 향수를 자아내는
가벼운 듯 진한 그 맛의 그윽함

가끔은
비싼 몇천 원짜리 커피보다
친구들과 함께 공부하다 마셨던
자판기 커피가 그리울 때가 있다

이상하지 않은가
비싼 커피의 맛보다 더 생각나는
그 시절의 그 향수

아마도
추억의 향기를 품고 있는 그 시절의 커피는
여전히 식지 않은 채로 우리의 가슴을 뛰게 하는 그 시절의
청춘

나를 구해 주세요!

나는 깊은 에메랄드 빛 호수에
빠져 버렸다

아무것도 들리지 않는다
어떤 것도 보이지 않는다

숨 가쁘게 뛰는
심장의 고동치는 소리

내가 빠진 건
너라는 호수였구나

여름과 겨울 그 중간에서

흩날리는 벚꽃 보니
어느새
봄이 왔구나 싶어 바라본 그곳에

층층이 고이 접은
여름과 겨울 그 중간 어딘가에
흩어져 내리는 낙엽들

계절의 시간은
어느덧 가을이구나

봄처럼 가을처럼 순식간에
지나가 버린 꽃잎 숫자만큼
한 해 한 해 늘어 가는 나이

오늘일 것만 같았던 청춘도
눈 떠 보니 사라져 버리고

다가올 또 다른 내일의 그리움을
어제의 아쉬움으로 달래는 한숨

그 순간의 틈으로 보이는 세월의 시간

왜 아름다운 건 길지 않은 걸까?

그대를 위로합니다

언젠가는 전부 좋아질 거라
기대어 내쉬는 그대

그렇게 괜찮다는 말로
굳게 잠가 버린 걱정

따스한 온기 찾아 헤매는
애써 무심한 공허함

괜찮지 않을 때는
실컷 화내도 된다고

괜찮지 않을 때는
마음껏 울어도 된다고

괜찮지 않을 때는
그 아픔 털어놓아도 된다고

참을 수 없는 불안이 밀려올 때는
잠시 쉬어 가도 된다고

사막처럼 외롭던 날이라도
그대가 걸어온 발자국이 위로가 될 거라고

"사막에서는 조금 외로워."

"그런데 사람들 속에서도

외롭기는 마찬가지야."

– 《어린왕자》 中 –

누군가를 위해 울어 보고 싶다

떨어지는 꽃잎처럼
때론
누군가를 위해 살아가고 싶다

절정의 찬란한 꽃 피우고
흩어지는 꽃잎처럼
가끔은
누군가를 위해 울어 보고 싶다

지고 나서야 다시 피어오를 수 있는
그 통증의 시간

낙화는 알고 있는 것이다
떨어져야 또 다른 무엇으로
꽃 피울 수 있다는 것을

오늘 하루가 떨어지는 꽃잎이었다고

주저앉지 말기를

낙화가 아름다운 건
찬란하게 지는 법을 알고 있기 때문이다

겨울꽃(冬花)의 노래

봄날의 벚꽃이 떠난 그 자리에
붉게 타오르는 5월의 장밋빛이 물들고 나면
어느샌가 가을의 황혼빛 낙엽이 그 색을 바라고
드디어, 고요한 침묵 속 묵묵하게 자리한
국화가 살며시 피어난다

살을 에는 듯한 추위
몇 겹이고 겹겹이 입고 또 입어도
칼끝처럼 매서운 그 한기(寒氣) 이기지 못해
장갑에 목도리에 털모자에 단단히
감싸 매고서야 밖을 나선다

그 발길마다마다 흩날리는
눈과 비에 찬 서리까지 담아낸
얼음을 깨고 핀 눈의 꽃

겨울을 닮은 국화가 우리를 맞이한다
추울수록 그 자태 더 아름다운
겸손의 향기 내뿜은 모습
아무도 모르는 가슴속 우리들의 아픈 상처
달래 주는 꽃의 위로이다

아주 가끔은, 누군가의 말보다
계절에 기대어 바라보는 꽃 한 송이가
다시 피어날 내일을 걷게 하는 힘이 된다

소리 내 울지 않아도 눈물
눈에 보이지 않아도 진실
말로 표현하지 않아도 마음
겨울꽃처럼 시린 가슴속
진심 담긴 단어의 꽃송이들의 속삭임이다

그 꽃을 피우기 위해
견뎌 내야 하는 시간의 무게만큼의 통증
때론, 오해와 갈등으로 상처투성이가 되는 하루라도
언젠가 피어날 내일이라는 꽃이 시들지 않도록

웃음이라는 희망과 설렘이라는 기대를 안겨 주는
오늘 하루의 꽃피우는 내일이기를 바라는 그대를 위한 노래
가 된다

국화가 아름다운 건 겨울이라는 시련과 함께 피어나기 때문

그렇게
겨울이 되면 국화가 핀다

그렇게
세월을 지나다 보면 그대라는 꽃이 핀다

외로워질 때면 이름을 불러 주세요!

　이름은 물건, 사람, 장소, 생각, 개념 등을 다른 것과 구별하기 위해 부르는 말이다.

　우리 모두에게는 저마다의 이름이 있다.

　지나가는 풀조차 이름을 가지고 있지만 우리는 그저 스쳐 지나가 버린다.

　각자의 이름에는 그 사람이 있다.

　결국, 사랑한다는 것은 그 이름을 기억해 주는 건 아닐까?

　꽃에도
　음식에도
　사물에도

동물에도

식물에도

그리고 지금 그대에게도 저마다의 이름이 있다.

특별한 그 무엇이 되기 위해서 가장 중요한 것은 바로 그 이름을 기억해 주는 것이다.

우리는 가장 처음 만났을 때 상대의 이름을 물어본다.

그 이름들 중에서 가장 기억에 남는 이름 하나만 지금 떠올려 보자.

어떤 생각이 떠오르는가?

이름만으로도 수많은 추억이 떠오르지는 않는가?

어쩌면, 가장 비싼 선물은 이름을 불러 주는 건 아닐까?

사랑하는 사람들의 이름을 한 명씩 불러 봐 주자.

그렇게 외로워질 때면 그대라는 사람이 누군가에게 있어서
얼마나 소중한 존재인지 이름을 떠올려 보자.

외로울 때면 서로의 이름을 따스하게 불러 봐 주세요.

차 한 잔을 마실 좋은 날은 오늘

차 한 잔을 함께 마시고 싶은 사람은 당신

"말과 언어는 세상을 바꿔 놓을 수 있다.

인류의 일원이기 때문에 시를 읽고 쓰는 것이다.

인류는 열정으로 가득 차 있어.

의학, 법률, 경제, 기술 따위는

삶을 유지하는 데 필요해.

하지만 시와 미, 낭만, 사랑은

삶의 목적인 거야.

아름다움은 어디서 찾을까?

오, 나여, 오 생명이여! 대답은 한 가지.

네가 거기에 있다는 것

생명과 존재가 있다는 것은

화려한 연극은 계속되고 너 또한 한 편의 시가 된다는 것.

여러분의 시는 어떤 것이 될까?"

– 영화 〈죽은 시인의 사회〉 中 –

매일초 혹은 일일초라는 꽃을 알고 계시나요?

이 꽃은 매일 새로운 꽃이 100일 이상 핀다고 해서 붙여진 이름으로 꽃말은 '우정' '즐거운 추억' '당신을 사랑합니다'라고 합니다.

우리는 하루에도 몇 번씩 사소한 일로 웃었다가 울었다가 꿈을 꾸다가 포기하다가 슬퍼하거나 기뻐합니다. 마치 매일초가 하루하루 새로운 꽃을 피우는 것처럼 같지만 다른 하루를 살아가며 그 안에 수많은 추억을 시간이라는 기억 속에 담아 둡니다.

하지만 가족, 친구, 연인, 혹은 또 다른 그와 그녀…….

가장 소중한 것들은 주변 그리고 일상 속에 늘 함께하는데도 바쁘다는 이유로 감사의 인사조차 제대로 못 하고 지나갑니다.

어딘가의 기억에 두고 온 함께했던 누군가를 오늘 하루 추억해 보시는 건 어떨까요?

늘 홀로서기 중인 그대라도

비 오는 날 서로에게 우산이 되어 준 누군가

서럽도록 울고 싶던 날 곁에서 묵묵하게 지켜 주던 누군가

함께 마주 앉아 웃으며 먹던 음식

함께 마시던 커피, 함께 듣던 음악……

이렇게 혼자서 걷는 외로운 길에서 기꺼이 자신의 편이 되어 주는 누군가와 함께했던 추억은 살아가는 힘이 되어 줄 것입니다.

영화 〈어바웃타임〉에서 '**인생은 모두가 함께하고 있는 시간 여행이다. 매일매일 사는 우리가 할 수 있는 건, 최선을 다해 나의 특별하고도 평범한 마지막 날이라고 생각하며, 이 멋진 여행을 만끽하는 것이다.**'라는 대사가 나옵니다.

반복되는 헤아릴 수 없이 수많은 '아주 평범한 날들' 속에서 우리가 그 나름의 '아름다움'을 발견해 낸다면 오늘 평범하지만 특별한 하루가 되어 줄 것입니다.

이번 시집은 이런 소소하고 소박한 하나하나의 일들 속에서 찾은 '일상의 소중함'을 위로하는 글로 담아 보았습니다.

매일매일 자신의 꽃을 피우며 살아가는 여러분들이 되시기를 바랍니다.

하루하루의 꽃 피우기 위해 울고 웃는 당신을
사랑합니다